AF356124

VENTE
Du Vendredi 11 Avril 1913
HOTEL DROUOT, SALLE N° 8
A 2 HEURE 1/2

TABLEAUX MODERNES

ŒUVRES

Par Charles JACQUE et C. COROT

PORCELAINES

BRONZES D'ART

OBJETS DIVERS

COMMISSAIRE-PRISEUR

M° H. HONS-OLIVIER

EXPERTS

Pour les Tableaux :

M. GEORGES PETIT

Pour les Objets d'art :

MM. PAULME & B. LASQUIN Fils

CATALOGUE

DES

Tableaux Modernes

PAR :

H. BARON, HIPPOLYTE BELLANGÉ, J.-B.-C. COROT
E. DUEZ, CH. JACQUE, KOEK-KOEK, A. KREYDER, E. LANSYER
E. LE POITTEVIN, MAROHN
AIMÉ PERRET, SEIGNAC, J -D. STEVENS, H. TEN CATE

Tableau attribué à GUARDI

DEUX DESSINS PAR DE BOISSIEU

PORCELAINES

Chine, Sèvres, Saxe

BRONZES D'ART

OBJETS VARIÉS

DONT LA VENTE AURA LIEU

HOTEL DROUOT, SALLE Nº 8

LE VENDREDI 11 AVRIL 1913

A 2 heures 1/2

COMMISSAIRE-PRISEUR

Mᶜ H. HONS-OLIVIER, 144, boulevard Saint-Germain

EXPERTS

Pour les Tableaux :	*Pour les Objets d'art :*
M. GEORGES PETIT	**MM. PAULME & B. LASQUIN Fils**
8, rue de Sèze	10, r. Chauchat - 11, r. Grange-Batelière

PARIS

Chez lesquels se distribue le présent Catalogue

EXPOSITION PUBLIQUE

Le Jeudi 10 Avril 1913, Salle Nº 8, de 1 h. 1/2 à 6 heures

CONDITIONS DE LA VENTE

Elle sera faite au comptant.

Les adjudicataires paieront *dix pour cent* en sus des enchères.

L'exposition mettant le public à même de se rendre compte de l'état et de la nature des objets, aucune réclamation ne sera admise une fois l'adjudication prononcée.

Paris. — Imp de l'Art, Ch Berger. 41 rue de la Victoire.

DÉSIGNATION

TABLEAUX
MODERNES ET ANCIENS

BARON (Henri)

1 — *Les Curieux.*

Signé à droite en bas.

Panneau. Haut., 16 cent. 1/2; larg., 12 cent.

BELLANGÉ (Hippolyte)

2 — *La Halte au pays.*

Près du puits, le cavalier s'est arrêté pour faire
boire sa monture. Il cause avec une jeune femme
appuyée sur la margelle du puits et tenant à la main
gauche la cruche qu'elle est venue emplir. A ses pieds,
un enfant est assis. Au devant, deux cuves en bois.
Au fond, des maisons au toit en pente couvert de
chaume se détachant sur un ciel nuageux.

Signé à gauche et en bas, daté : *1861.*

Panneau. Haut., 21 cent. 1/2; larg., 26 cent. 1/2.

COROT (J.-B.-C.)

3 — *Mare, près de Mortefontaine.*

La mare est tout entourée de grands arbres dont les frondaisons épaisses se réfléchissent dans l'eau et l'enserrent d'un rideau de verdure. Assis sur la berge, la tête coiffée d'un bonnet rouge, un pêcheur tend sa ligne par-dessus les herbes hautes. Dans l'écartement des branches, on aperçoit un coin du ciel bleu.

A droite en bas, le timbre et, sur le châssis, ie cachet à la cire de la vente de l'artiste.

Toile. Haut., 24 cent.; larg., 37 cent.

(*N° 179. Vente Corot, 26 mai 1875.*)

DUEZ (E.)

4 — *Pêches, raisins et noix.*

Signé à droite en bas.

Toile. Haut., 27 cent.; larg., 35 cent.

DUEZ (E.)

5 — *Poires, raisins et verre sur une nappe blanche.*

Signé à droite en bas.

Toile. Haut., 27 cent.; larg., 35 cent.

GUARDI (Attribué à)

6 — *Une Place publique, à Venise.*

Sur une place entourée de constructions, la statue équestre de Colleoni se dresse sur son haut piédestal. Des personnages circulent tout autour. Au-devant, passe le canal.

Toile. Haut., 25 cent.; larg., 19 cent.

(*Vente après décès du Prince Soutzo, 17 décembre 1877. N° 28.*)

JACQUE (Charles)

7 — *Chevaux rentrant du travail.*

Devant la porte de la ferme, deux chevaux, l'un blanc et l'autre alezan, sont arrêtés, encore couverts de leur lourd harnachement de travail. Autour d'eux picorent un coq et une poule, tandis que trois canards se dirigent vers une petite mare. Le charretier, portant une botte de foin et un seau, s'apprête à mener ses bêtes à l'écurie et à leur distribuer leur ration.

Signé à gauche en bas.

Panneau. Haut., 43 cent.; larg., 32 cent.

KOEK-KOEK (B.-C.)

8 — *Le Torrent.*

Dans un paysage montagneux, le ruisseau a creusé son lit au travers des roches. A droite, un chemin passe devant un calvaire érigé près d'un petit bois et s'éloigne vers une dépression au delà de laquelle se devine une forêt. Un petit pont rustique en bois jeté sur le torrent fait communiquer les deux rives. Sur le chemin s'avancent une femme et un enfant qu'accompagne un petit chien. Sur le bord du ruisseau, un homme est arrêté, appuyé sur une pelle, et regarde un enfant qui sort de l'eau. A gauche, poussent des chênes aux troncs et aux branches tordus. Au loin, sur la cime d'un rocher, un vieux château se dessine sur un ciel bleu où courent de gros nuages gris.

Signé à gauche en bas et daté : *1835*.

Toile. Haut., 43 cent.; larg., 62 cent.

KREYDER (A.)

9 — *Pêches et raisins dans une assiette.*

Signé à gauche en bas.

Toile. Haut., 19 cent.; larg., 29 cent.

LANSYER (E.)

10 — *Les Roches noires.*

Signé à droite en bas et daté : 72.

Toile. Haut., 40 cent.; larg., 65 cent.

LANSYER (E.)

11 — *Anse de Perros-Guirec (Côtes-du-Nord). Le soir.*

Signé à gauche en bas et daté : 73.

Toile. Haut., 49 cent.; larg., 65 cent.

LE POITTEVIN (E.)

12 — *Pécheuse.*

Une femme, jambes et pieds nus, la jupe haut relevée, la tête coiffée d'un mouchoir, se dispose à sortir de l'eau. Elle tient de la main droite un filet et porte le produit de sa pêche dans un panier passé au bras gauche. Elle regarde un jeune enfant étendu à terre demi-nu et appuyé sur une banne. A côté de lui, on voit le chapeau, la blague et la pipe d'un pêcheur. Sur la plage, un marin s'éloigne de la mer dont les vagues viennent mourir doucement sur la grève. Au loin, passe un steamer qui laisse une longue trace de fumée dans le ciel où volent des mouettes.

Signé à droite en bas et daté : *1855.*

Toile. Haut., 32 cent.; larg., 42 cent.

MAROHN

13 — *Le Traîneau.*

Signé à gauche en bas.

Toile. Haut., 28 cent.; larg., 41 cent.

PERRET (Aimé)

14 — *Le Berger.*

C'est le soir, le soleil a disparu à l'horizon et la lune montre dans le ciel son croissant argenté. Debout, le berger, couvert de sa limousine, les mains appuyées sur son long bâton, regarde paître son troupeau. Un chien est assis près de lui.

Signé à gauche en bas et daté : *1891.*

Toile. Haut., 46 cent.; larg., 39 cen'.

(*Collection Baronne Olivera de Castro, 14 juin 1896, N° 43.*)

SEIGNAC

15 — *Les Petits Batailleurs.*

Signé à gauche en bas.

Panneau. Haut., 35 cent.; larg. 26 cent. 1/2.

STEVENS (J.-D.)

16 — *Le Duo.*

Signé à droite en bas et daté : *1865.*

Panneau. Haut., 50 cent.; larg., 39 cent. 1/2.

TEN CATE (H.)

17 — *Le Concert intime.*

Signé à gauche en bas et daté : *1864.*

Panneau. Haut., 25 cent.; larg., 36 cent.

PORCELAINES

18 — Écuelle couverte et son présentoir en porcelaine de Sèvres pâte tendre, à fond bleu, décor
de médaillons réservés, à fleurs, oiseaux, usten-
siles, guirlandes et rinceaux en couleurs et
rehauts de dorure.

19 — Deux assiettes en porcelaine de Sèvres, par
LAGRANGE, à sujets : Hercule étouffe Antée, Hébé
et Jupiter.

20 — Coupe en porcelaine blanche de Saxe.

21 — Paire de candélabres en porcelaine blanche de
Saxe.

22 — Deux tasses et leur soucoupe en ancienne
porcelaine de Chine, décor à lambrequins en
couleur.

23 — Six tasses et leur soucoupe en ancienne porcelaine de Chine, décor en émaux de couleur, à
fleurs et médaillons.

24 — Deux tasses et leur soucoupe à côtes et go-
drons en ancienne porcelaine de Chine, décor
fleurs et oiseaux.

25 — Petite tasse et sa soucoupe en ancienne porcelaine de Chine, décor bleu et or.

26 — Service à café ou à thé en porcelaine de Saxe, comprenant : une verseuse, un pot à crème, un sucrier, un bol, un présentoir, une coupe carrée à pans coupés, cinq tasses et cinq soucoupes. Décor en couleur d'oiseaux et insectes.

27 — Lampe faite d'une bouteille en céladon sang de bœuf.

28 — Deux vases en céladon flammé.

29 — Céramiques non décrites.

BRONZES D'ART

OBJETS VARIÉS

30 — Buste de femme en bronze patiné, sur socle en marbre. *Édition Barbedienne.*

31 — Groupe : Biche et faon, en bronze de BARYE. *Édition Barbedienne.*

32 — Statuette en bronze patiné : Mercure, d'après JEAN DE BOLOGNE.

33 — Vase en bronze japonais, tripode, décor de branches fleuries et oiseaux, frotté d'or et d'argent.

34 — *Les Bulles de savon. — Pigeon vole.*

Deux petits dessins de forme ronde, au crayon mine de plomb, faisant pendants, par DE BOISSIEU. Signés et datés : 1779.

35 — Coffret-nécessaire à ouvrage en os et ivoire, à bordure gravée à rinceaux. Travail portugais.

36 — Service à vins fins en cristal jaune : plateau, deux carafons et six verres.

37 — Service à découper : fourchette en argent et couteau, manches en ivoire.

38 — Dix-neuf couteaux à fromage, manches en ivoire.

39 — Vingt-quatre grands couteaux, manches en ivoire.

40 — Service à poisson et à hors-d'œuvre (six pièces) en argent et ivoire.

41 — Service à œuf en argent, comprenant : un petit plateau, un coquetier, une coupe à beurre, une salière et deux petites cuillers.

42 — Flacons et huit verres à liqueurs, verts, sur pied.

43 — Objets omis.